Internité

FSC
www.fsc.org
MIXTE
Papier issu de sources responsables
Paper from responsible sources
FSC® C105338

Édition : BoD – Books on Demand,
12/14 rond-point des Champs-Élysées, 75008 Paris
Impression : BoD – Books on Demand, Norderstedt, Allemagne

Chargée d'édition HL : Rose Evans

Collection 1 nouvelle

Photographies de couverture : Elise Parmentier

ISBN : 978-2-3222-5095-0
Dépôt légal : Mai 2021

Internité

nouvelle

Philippe Aubert de Molay

HISPANIOLA LITTERATURES

Collection 1 nouvelle

Fais de moi la matière inerte de ton œuvre.

Georges Bernanos, *Sous le soleil de Satan*

Internité

1.

On ignore ce que sont ces êtres. Pas facile de les nommer. Donner un nom à quelqu'un, c'est faire déjà un bon bout de chemin vers lui. Ou le fuir. L'existence de ces créatures – *créatures,* on va dire *créatures* – a été prouvée par la fameuse équipe (nobelisée) du Northern Light Acadia Hospital de Bangor, Maine, Usa (1). Tout le monde connaît cette histoire : cette jeune malade souffrant d'une sténose athéromateuse de l'artère rénale. Il s'agit d'un rétrécissement du calibre de l'artère rénale. Cet état peut provoquer une hypertension dite rénovasculaire ou même une dangereuse insuffisance rénale. La banale angioplastie avec placement d'un stent fut proposée. Et c'est là que tout a commencé. Le premier contact avec les créatures. Fut terrifiant. Et on en parla abondamment sur toute la planète (2).

Résumé : depuis des millénaires, des êtres habitent en nous. Silencieux, inopérants, pour ainsi dire endormis. Oui en nous. Puis un jour, ils se sont mis à nous détruire. Les maladies. Les maladies *sont* des créatures autonomes, douées d’une vie psychique consciente, d’une capacité de choix et d’action, provoquant des phénomènes cliniques (apparition, développement et arrivée au terme létal d’une pathologie) (3). Cette révélation de nature surnaturelle a été combattue par la science, celle-là même qui l’avait mise en évidence. La mécanique rationnelle, reposant sur une méthode déductive, sur un raisonnement mathématique, sur l’étude et l’expérience, prouvait toutefois la réalité des faits : des « esprits » avec pouvoir d’interaction sur la matière logent dans nos corps. S’y déplacent. Agissent à l’intérieur. Dominent notre *internité*. Après l’avoir fait de manière mesurée depuis la nuit des temps, ces créatures exterminent aujourd’hui méthodiquement le genre humain.

Cette découverte s’est produite voici déjà une petite trentaine d’années. En 2037 précisément. Actuellement nous connaissons mieux les *Shén4* (qu'on traduit également par *IntroEsprits*). On croit savoir que ces entités psychoviscérales représentent les forces spirituelles et psychiques qui nous animent et qui se manifestent par nos états de conscience, notre capacité à nous émouvoir et à penser, notre tempérament, nos aspirations, nos désirs, nos talents, nos habiletés. Et nos férocités.

Les *Shén4* (4) occupent une place première dans l'explication des causes de déséquilibre ou de maladie et dans le choix des actions destinées à ramener le patient vers une meilleure santé. Le concept chinois de *Shén4* impliquant à la fois l'unité de la conscience et la multiplicité des forces qui l'alimentent est celui qui convient le mieux à la situation. Ce concept de *Shén* provient des croyances animistes du chamanisme primitif asiatique (5). Le taoïsme et le confucianisme ont raffiné cette vision de la psyché, la rendant compatible avec le système de pensée induit par la raison. Aujourd'hui, tandis que les *Shén4* (ou ces créatures que vous nommerez bien comme vous le voudrez) annihilent méthodiquement l'humain en déclenchant une variété infinie de maladies connues et inconnues dans les corps des dix milliards d'humains impuissants, il ne reste à notre espèce que quelques années pour vaquer à ses habituelles occupations : s'entretuer, méditer avec vanité sur sa condition, s'écouter parler, asservir et salir la nature (selon certaines hypothèses écologistes du siècle passé, les *Shén* seraient l'expression de la colère de la planète, pour ainsi dire une confirmation de la théorie Gaïa voulant que la terre soit un organisme vivant conscient). Nous disparaissons donc. Après tant et tant de fictions de tous horizons évoquant l'Apocalypse, cette fin du monde – presque espérée, tant notre quotidien voué essentiellement à la perpétuation des gestes de la veille était devenu vide de sens – a fini par se produire. Fin du monde.

Voici quelques mois, j'avais lu par hasard un livre de Bernanos, Georges. Où il disait : *Je relis ces premières pages de mon journal sans plaisir*. Alors j'avais décidé d'écrire un journal. Et aujourd'hui, grâce à ce sacré Georges, c'est impressionnant : je lis à mon tour ces premières pages de mon journal, sans plaisir également. Je voulais raconter tout ça, parler de ce qui arrive, des *Shén4*, de ce qui *est* en nous. Mais c'est en écrivant que j'ai constaté qu'il est impossible d'écrire. Jamais le bon mot, jamais l'exacte phrase, piètre justesse entre l'idée originelle et ce qu'on produit, on voudrait bien y arriver, mais tout ce que l'écriture consent à faire, c'est à nous occuper un moment, au mieux à nous rendre éphémèrement intéressant aux yeux des autres. Écrire est la démonstration de notre invalidité. Au moins ce moment est-il une expérience exceptionnelle, singulière et précieuse de pure concentration. Après on revient sur terre et c'est plus un crash qu'un atterrissage. Écrire est pathétique. Infructueux. Presque fatal. Tyrannique. Mais si impérieux. C'est un tout qui ne restera jamais qu'une infime partie de nous. Pauvre con de Georges Bernanos, dévoré par l'écriture. Fait pitié. Et en même temps, comment dire, je l'aime. Un frère d'armes. Je t'aime Georges. Même mort depuis si longtemps. On reste parfois amoureux d'un mort ou d'une morte. Nous autres, petits humains spectraux dans le brouillard du langage.

Ce journal, je l'avais imaginé sobre et scientifique. Une sorte de rapport, avec faits, dates, chiffres, références universitaires. Une étude sanitaire. Mais non. Aujourd'hui c'est ce texte informe qui se trouve sous mes yeux, comme si j'y étais pour rien. Le relire c'est avoir le besoin de le brûler. Un petit amas de mots accidentels, des verbes trafiqués, toute cette improvisation, ces digressions maladroites, un effondrement d'idées. Stérilité.

Dans ce journal, je ne sais plus pourquoi mais j'ai écrit des façons de petits poèmes. Le genre à murmurer au plus profond de la nuit en regardant la pluie faire trembler le lampadaire de la rue. Ou à hurler de toutes tes forces dans un envol d'oiseaux bruyants, jusqu'à en vomir, lorsque tu es seul dans la forêt moisie d'automne et que c'est trop dur de supporter tout ça. C'est que – malade moi-même –, afin d'éviter de rendre l'ordinaire culte à ma propre maladie, laquelle est censée capter toute mon attention et m'interdire d'agir selon mes vœux et mes nécessités, dévorer mon reste d'énergie, mon emploi du temps et détruire jusqu'à mon sommeil et les rêves qu'il échauffe, j'ai pensé à la poésie. En lire/en écrire. La poésie, cet entassement de mots déposés là, salement pour ainsi dire, par l'inondation de nos inquiétudes et souffrances. Me suis surpris même à aller à des consultations médicales avec un livre dans la poche, Bernanos en propagateur de bonnes ondes, en diffuseur d'aura protectrice pendant le scanner, la scintigraphie (au doux nom poétique) ou l'IRM (là ces trois lettres ça fait sérieux comme FBI, CIA ou KGB). Même dormi avec des livres, ces talismans, serrés contre moi dans le lit. Draps de mots, couverture de phrases tissées à la main, oreiller d'énoncés, d'expressions, de grammaire et de stylistique. Ma petite âme démolie bien au chaud sur son canapé-lit d'alphabet. La protection puissante des livres.

Exemple de petite poésie anatomique (en fait c'est une liste de mots, juste des mots en vrac) :
Plexus brachial artère mésentérique cavité spinale petit glutéal muscle stapédien canal déférent lobe limbique papille du poil valvule sigmoïde pulmonaire cément bourse infrapatellaire profonde septum orbitaire inférieur pie-mère long fléchisseur tunique interne pyramides de Malpighi zonules de Zinn pédicule portal gauche table unguéale.

Toi et moi, on a quelque part des zonules de Zinn. C'est beau non ?

Et nos moments de mourir se ressembleront.

C'est comme ça.

Encore une pour la route (c'est mon journal, je fais ce que je veux. Et là on prend son souffle car il y en a une bonne page. On peut aussi s'abstenir de lire) :
Petite poésie pathologique (ou extrait d'une nomenclature de *Shén4*. Ou si on préfère

martyrologue des frères humains qui après nous vivez n'ayez les cœurs contre nous endurcis bla bla bla) : Myxœdème primaire syndrome d'hyperviscosité zygomycose rose vertigineuse quadricuspidie lourde valvulaire aortique rhombencéphalosynapsis bleu de Bickerstaff inflammation pharyngée monupurinée uvéite sympathique rectocolite sonale hémorragique ostéochondrite disséquante panniculite nodulaire fébrile récurrente non suppurative rétinite pigmentaire et déficience intellectuelle dues à une microdélétion Xp11.3 leucémie lymphocytaire chronique à cellules BK32 scarlatine kératose actinique gonalgie hépato-encéphalopathie par déficit combiné de la phosphorylation oxydative de type 1 troubles coronariens névralgie du nerf glossopharyngien abouchement de la veine cave supérieure gauche dans le toit de l'oreillette gauche lupus érythémateux cutané pré-éclampsie coarctation de l'aorte néphropathie amyloïde héréditaire due à un variant du fibrinogène A chaîne alpha xanthoastrocytome pléomorphe SCID par déficit en DNA-PKcs SED cyphoscoliotique par déficit en FKBP22 séquestration broncho-pulmonaire congénitale intralobaire zygodactylie type Weidenreich békanite pulpeuse acidémie méthylmalonique par déficit en méthylmalonyl-CoA épimérase tétralogie de Fallot syndrome de l'X fragile proctite radique glomérulonéphrite pauci-immune avec auto-anticorps BK31 neutrophiles.

Au secours. Lire cette liste d'abominations est insupportable. Mortel poème.

Donc tout le monde est tombé malade. Devenir fiévreux, dolent, souffrant, grabataire, mutilé, infirme, invalide. Les *Shén4* travaillaient à plein régime dans ces milliers de tonnes de veines, de muscles, de graisse enrobés dans leur sac de peau inquiète. Un Himalaya de chair à gravir. Un carnage au sens premier du terme. Celui-là qu'on avait vu presque heureux la semaine d'avant : c'était un mélanome de classe 44C, l'autre là-bas se chopait vite fait du neurodégénératif à développement foudroyant, celle-ci – une sacrée belle fille, mais désormais on aurait dit une vieillarde – une hyperthyroïdie auto-immune de Basedow, l'autre connard là-bas et c'était presque bien fait pour sa gueule une rectocolite hémorragique avec inflammation de la paroi d'une partie du tube digestif et franchement c'était pas la fête il faisait quasiment pitié. Les *Shén4* dans leurs œuvres. Des études prouvaient que ces choses « pensaient », qu'elles « se déplaçaient en nous », qu'elles « communiquaient entre elles », qu'elles « migraient de corps en corps » (pandémie) et « coordonnaient la présente et inexorable extermination du genre humain ». Les *Shén4*. Alors on priait. De grandes cérémonies partout sur la terre. Au Tibet où des tas de gens se précipitaient, grossissant des camps de réfugiés où c'était la misère. Rome, Lourdes, Jérusalem. S'agenouiller.

On les maudissait ces *Shén4*, on les suppliait en leur sacrifiant des pauvres gens (certaines sectes avaient dit-on empoisonné des enfants en « cadeau » pour les « puissances du dedans »). Ou bien on faisait semblant de se désintéresser d'eux, c'était comme s'ils n'étaient pas là, continuer coûte que coûte la vie d'avant. Mais éprouver que l'on se traînait comme des pauvres ombres souffreteuses, plus moyen de faire ne serait-ce que la moitié des journées d'autrefois. Trop mal, trop fatigué, trop désespérant. On tentait alors de négocier avec eux, de communiquer, de limiter les dégâts (peine perdue) puis de gagner du temps (re-peine perdue) alors on cherchait à les tuer (rayons, chimiothérapie, chirurgie), mais sans succès. Tout était joué d'avance. Eux, les *Shén4*, ils poursuivaient aveuglément leur but. Ils progressaient. Nous faisant basculer dans le vide noir, silencieux et presque accueillant, doux. La planète se vidait.

Il y a eu aussi cette horreur de « production d'électricité ». Des patients infectés par *Shén4* ont été *entreposés* dans des unités industrielles spéciales. Où, maintenus en vie à l'isolement et avec le minimum de soins afin d'éviter tout surcoût le temps de leur agonie (de quelques semaines à deux voire trois années), Avera Énergies a récolté, purifié, stocké et commercialisé l'électricité produite par l'activité shénifique dans les corps des malades. Grande découverte industrielle.

De nombreuses familles vendent d'ailleurs aujourd'hui leur malade (dûment attesté comme incurable par les médecins selon la loi d'éthique BK566-777) à Avera Énergies, laquelle multinationale s'est engagée à respecter une charte de bonne conduite (6) garantie par l'Union Européenne. Plusieurs scandales relatifs à la vente de malades faussement classifiés comme incurables ont éclaté ces dernières années. Mais cette électricité est plutôt bon marché, de grande qualité alors mon smartphone marche c'est le principal je peux visiter mes réseaux sociaux. Et, comme l'explique le gouvernement avec un ton compassionnel et démocratique, « autant rentabiliser la mort d'une personne qui, de toute manière et à brève échéance, doit mourir ». Des moribonds s'auto-commercialisent eux-mêmes auprès d'Avera Énergies afin de pouvoir payer leurs propres obsèques. Car les *Shén4* produisent donc de l'électricité, c'est ce qui a été découvert. Mais on ignore pourquoi et comment cette électricité existe.

Poème mortel :
Désir abolir
Dernier soupir dernier sourire expire
Avec le pire, rire.

Je ne suis pas très bon poète, d'accord.

Sur le soir, je sors car la lecture de ce journal, entrecoupée d'assoupissements provoqués par mon état de santé caractérisé par un épuisement chronique, finit par être trop déprimante. Prendre l'air reste mon petit plaisir. J'erre. Je zone.

C'est étonnant de voir comme les rues sont désormais dépeuplées. Quelques automobiles roulent lentement, des gens vont à la pharmacie ou rentrent de l'hôpital en se tenant par la main. Une sorte de désemplissement épaissit l'air, le solidifie et l'amollit en même temps on dirait. Un grand silence descend sur la cité morte. Évacuation. Ça ferait un super sujet à netflixer. Je marche au hasard, promenant mon fidèle *Shén4* personnel à droite et à gauche. Je rencontre parfois Sonia. On s'est un peu cherché fut un temps, quelques verres, un restaurant, deux cinémas et cette exposition d'objets africains vodoo. Mais pas le déclic. Pas continué à se voir. On s'aime bien quand même. Comme tout le monde, elle est malade. Elle dit qu'elle souffre (jamais entendu ça) d'une « démence à corps de Lewy appareillée à une maladie de Parkinson brutalement évoluée en phase G2 ». Actuellement, il n'existe pas de traitements spécifiques de cette atteinte neurodégénérative. La thérapie de la démence à corps de Lewy est symptomatique, c'est-à-dire qu'elle se limite à gérer les symptômes, en particulier les hallucinations (elle voit des *Shén4* hors de son corps et ils viennent lui faire des choses horribles la nuit). Elle souffre aussi d'un syndrome extra pyramidal et d'un déficit cognitif encore faible pour l'instant. De plus elle est atteinte d'une pyélonéphrite de type BK. En prime, elle est classifiée Maladie n° 44139 (c'est assez rare). La pauvre. Elle si proactive avant. Un zombie.

Quand on se croise, elle va à la pharmacie. Son traitement habituel est le suivant : Modopar 125 (4/jour) Modopar 62.5 (4/jour) Tahor 10 (1/jour) Athymil 10 (1/jour) Rozurvax 44 (6/jour) Xatral 2.5 (3/jour) Gutron 2.5 (4/jour) Lamaline (1/semaine) Lovenox 0.4 (1/jour) BisouproLol 0,8 (4/jours) Mycoster (1/semaine. Dans la nuit du mardi au mercredi). Le dimanche : Mianserine 10 (0,5/jour) Diprosone (2,5/jour) Doliprane version ZZmax (selon douleurs). Je la trouve encore jolie. Très, même. Elle est en colère car Amazon a merdé avec une livraison. Un fauteuil médical de repos. Avec son design élégant et moderne et toutes les célèbres caractéristiques de Stressfess, il s'impose comme un fauteuil incroyablement confortable avec tableau de bord pour les thérapeutiques numérisées et possède le dispositif AlerteKoma ®. Les contours formés par les surpiqûres épousent parfaitement les formes de votre corps. Stressfess Unik est disponible dans trois tailles avec le piètement Classic ou Signature, et dans la variante Classic avec l'option LegComfort dans les tailles M, L et SM (Spécial Malade). La taille SM, gros succès.

Mais l'article reçu n'est pas le bon et le service client déplorable : elle dit, je commande un fauteuil gris (ils appellent ça « gris karma », c'est un modèle tissé à plat avec du fil multicolore, ce qui crée un mélange apaisant et harmonieux et un aspect empreint de vivacité) et je reçois un fauteuil… rouge et pas le même modèle (un modèle bien moins cher – comme par hasard).

En plus il manque deux pieds au fauteuil ! Le service client contacté par mail ne répond pas dans les six heures comme annoncé. Je rappelle et rappelle par téléphone (un numéro surtaxé à mort), on me dit qu'il manque la photo du bon de livraison, j'ai déjà envoyé (comme demandé sur le site) des photos du fauteuil – sans pieds – et du carton avec les références du QR code. J'envoie les photos du bon de livraison, puis on me dit que les photos n'ont pas été envoyées sur la bonne adresse mail, que c'en est une autre qu'il fallait utiliser donc allez tout est à refaire et le service client (en Bulgarie) est débordé suite à une épidémie de MixoM78 imputable à nos amis les *Shén4*. Je rappelle, on me dit qu'il faut en plus des photos de toutes les faces du carton... là je m'énerve et je demande que l'on cesse de me réclamer des nouvelles photos et que je souhaite avoir une réponse surtout que je suis malade comme tout le monde alors c'est pas dans dix mille ans qu'il faut me livrer cette saleté de fauteuil qui me coûte la moitié de mes économies soit dit au passage, suis folle de rage au téléphone.

Alors on m'annonce que la demande va être transmise au service logistique et qu'il faut que j'attende un minimum de quarante-huit à soixante-douze heures mais sans délai précis. Ils font des erreurs mais on doit payer leur numéro surtaxé et ils sont incapables de donner une réponse. En plus je ne peux même pas garder le fauteuil que j'ai reçu par erreur parce qu'il manque deux pieds ! C'est lamentable. Déjà qu'on est tous malades.

Et Sonia m'explique qu'elle n'a pas le temps tout de suite maintenant de me raconter d'autres péripéties concernant ce maudit fauteuil (qui lui bousille le peu de karma – justement – qu'il lui reste) car elle doit se rendre à sa POM hebdomadaire – Préparation Obligatoire à la Mort/P.O.M. Service public à présence obligatoire comme chacun le sait (7). La semaine dernière la psychologue avait proposé au groupe de parole le thème : *Quand tu mourras, combien de personnes à qui tu pourrais manquer ?* Puis cette semaine ce devrait être : *Si la fin du monde survenait, où irions-nous ?*

Tu vois je fais des efforts, elle dit en me posant la main sur l'épaule et au bout de deux minutes on s'appuie tous deux contre une vitrine car tenir debout sans se déplacer – comme à la caisse des supermarchés – c'est devenu un problème. C'est une épicerie fine italienne. Pour un peu la vitrine se fendillerait lentement puis dans ce bris de verre métaphysique, on chancellerait crémeusement vers tous ces cantucci panforte et douceurs toscanes, nougats au miel d'Ombrie, panettones et pandoro. On boirait du Bardolino jusqu'à plus soif (j'avais un ami qui en rapportait de là-bas et il choisissait les meilleurs c'était un expert) puis, au beau milieu des frutta di Martorana, des pains de Gênes et des ricciarelli di Siena, on ferait cet amour qu'on n'a jamais fait. Puis on mourrait main dans la main sur ce lit sublime et sentimental de raisins secs, de fruits confits et de zestes d'agrumes. Ce serait poétique.

J'ai toujours fait des efforts, elle reprend, mais en fin de compte il faudrait au moins être un super-héros ou un personnage de série télévisée saison 3 lorsque les choses sont bien installées pour recueillir le fruit de tous ces efforts, et que ça se voie, que ce soit significatif, du solide, valable. Je ne comprends pas Dieu je ne comprends pas ce qu'il attend de nous je ne saisis pas le but de toute cette Création ni pourquoi il faudrait faire des efforts. On n'a rien demandé. Tu as demandé à être sur terre toi ? Exister est une punition avec la mort au bout. Aucun sens. Peut-être n'ai-je pas une vision claire de la réalité ok à cause de la maladie mais je suis prête à tout pour que les choses ne soient pas si vaines et inutiles, prennent de la saveur, pour que tout ce cirque semble un rien attrayant, que ça vaille le coup. J'aurais bien aimé un travail où j'aurais eu l'impression d'accomplir quelque chose de bien, j'aurais voulu un amour qui dure un peu, une amitié valable, une voiture sans réparations constantes, pas tout centrer sur l'argent, n'importe quoi d'autre mais pas ce qui existe j'aurais bien voulu. Maintenant, avec ces rendez-vous médicaux non-stop, ces aller-retours à la pharmacie, au laboratoire d'analyses, au scanner et ces douleurs constantes dans le dos – en prime la peau me brûlant c'est comme s'il y avait un début d'incendie dessous –, je voudrais vivre n'importe quoi pourvu que pour une fois – une seule – cette chose ne me demande aucun effort parce que ça irait tout seul. Simplement. SANS AUCUN EFFORT. Aucun. Au moins une fois dans ma vie. Ne rien faire qui demande un effort c'est trop demander ?

Puis elle décide de rentrer car elle a froid. Je vais l'imiter car moi aussi j'ai froid. La nuit s'installe, amplifiant encore le vide. Ce dernier est encore plus impénétrable lorsqu'il est ténébreux. Être malade, c'est avoir perpétuellement froid. C'est l'hiver tout le temps. Ceci est une grande loi incontournable : les gens font véritablement connaissance avec leur corps le jour où ça va mal. Où tout se détraque/disloque/démantèle/démoli. Je sens que nous sommes mal barrés, nous les humains. Quelque chose d'invincible arrive. Elle gagne chaque jour du terrain cette inquiétude mêlant l'intuition à l'incompréhensible : et si la nature nous voulait carrément du mal ? Pouvait finir, tant nous l'aurons martyrisée et déçue, par choisir de nous exterminer ? Est-ce possible ? Vivons-nous une réalité tout droit sortie d'un antique roman de Stephen King (1947-2039) ? Ou bien et par définition, peut-être la matière – animée d'une vie intime insaisissable – est-elle essentiellement mauvaise ? Vouée de base à l'abomination ? Créatrice volontairement des *Shén4* ? Il y a quelque chose dans l'ordre du vivant qui dépasse très évidemment tout notre entendement. Et toute notre imagination. Pauvreté de notre perception des réalités. Nous sommes de si petits êtres.

Qui aurait pu croire que les *Shén4*, cette forme de vie formidable, existe ? Bien sûr à cette heure et même s'ils ne sont pas en grande forme, des scientifiques s'investissent dans des innovations techniques qui vont révolutionner la médecine de demain. Nous vaincrons peut-être notre ennemi intérieur. Avant-hier j'ai podcasté une intéressante émission sur les thérapies régénératives anti-shénifiques pour les pathologies cardiaques et vasculaires (Laboratoire Inserm UMR970, Paris, Centre de Recherche Cardiovasculaire, Hôpital Européen Georges-Pompidou). On veut y croire.

De retour, j'allume la radio. Voilà le genre de choses qu'on y entend : « Se projeter vers l'avenir, bâtir des rêves, ou laisser libre cours à ses aspirations, tout cela va de pair avec l'espoir. Pour beaucoup, il ne faut pas se laisser glisser dans les espérances car les déceptions sont parfois cruelles.

Mais croire, vivre en gardant espoir aide à nous relever des coups durs de la vie ou à avoir confiance dans le futur. L'espoir est comme une lueur, un souhait proféré par plaisir ou par conviction. Espérons ! » Amen. OK. On est tombé bien bas. Je préfère me replonger dans un vieux livre de Georges Bernanos, pour y lire : *Je pense depuis longtemps déjà que si un jour les méthodes de destruction de plus en plus efficaces finissent par rayer notre espèce de la planète, ce ne sera pas la cruauté qui sera la cause de notre extinction, et moins encore, bien entendu, l'indignation qu'éveille la cruauté, ni même les représailles de la vengeance qu'elle s'attire... mais la docilité, l'absence de responsabilité de l'homme moderne, son acceptation vile et servile du moindre décret public. Les horreurs auxquelles nous avons assisté, les horreurs encore plus abominables auxquelles nous allons maintenant assister ne signalent pas que les rebelles, les insubordonnés, les réfractaires sont de plus en plus nombreux dans le monde, mais plutôt qu'il y a de plus en plus d'hommes obéissants et dociles.* Merci mon Georges. Bien dit. Dans leur gueule.

Je commande un repas asiatique. Le livreur en scooter est bien mal en point mais il travaille, pas le choix. Je ne donne pas cher de sa peau, son *Shén4* doit être une belle ordure en pleine forme, lui. Il lui déchire les entrailles c'est visible. Le pauvre, il est étudiant en chinois et il n'a pas vingt-cinq ans.

Je mange sans conviction. Pourtant, avec une écriture joyeuse et vivement colorée, il est noté sur les emballages *La cuisine vietnamienne est très saine et diversifiée et c'est l'une des raisons pourquoi* (sic) *vous avez commandé ce repas délicieux. L'autre raison c'est le goût merveilleux de nos plats préparés juste pour vous.* C'est vrai que si je n'avais ni si froid (ma circulation sanguine en mode ralentissement finira par me congeler) ni si mal aux articulations (c'est de pire en pire), je trouverais franchement bon ce Cha cá.

Le Cha cá est un plat typique d'Hanoï. Poisson frit au curcuma sur lit d'aneth et de ciboulette que l'on déguste avec des nouilles de riz (bún), de la pâte de crevette fermentée et des minuscules cacahuètes. Manger est une activité humaine pouvant s'avérer assez agréable il faut bien le reconnaître. Gastronomie, convivialité. L'univers fait vraiment tout pour que l'on s'illusionne sur la suite des événements. Pour que l'on soit heureux. Même si en lousdé on te concocte un bon vieux *Shén4* des familles, du jour de ta naissance à celui de ton décès la propagande vitaliste bat son plein car *L'espoir est contagieux comme le rire* je lis avec dégoût au dessert dans un biscuit chinois vietnamien.

La misère.

2.

Voici ce qui s'est passé ensuite. Beaucoup de morts. Des monticules de défunts poussés en dehors des villes au tractopelle, personne ne peut oublier ces images diffusées en boucle. Ça ressemblait aux vieux films noir et blanc des américains libérant les camps de concentration. Sauf que c'était maintenant. On se retrouvait à nouveau dans un contexte apocalyptique tel que les séries et les romans en décrivent tant. Même si là, il s'agissait plutôt de pré-apocalypse que de post-apocalypse. Mais quelle importance, le mot à retenir c'est *apocalypse*. Donc les gens mouraient. En masse. D'après les autorités sanitaires, leur *Shén4* décidait de les tuer et boostait sévèrement leur maladie, accélérait le processus d'entropie, lui faisant parfois atteindre une vitesse démentielle. Souvent en trois à cinq jours c'était bâché. Les maladies 14600, 3222, 9561, 11600 et 513 étaient les plus courantes et peu importe qu'il s'agisse d'infarctus du myocarde, d'accident vasculaire cérébral, d'embolie pulmonaire, de muninite ambrée à conflagration hépatique ou de pancréatite foudroyante. Le résultat était le même, tu mourrais à la vitesse d'un crash d'avion.

C'est bien simple, plus personne n'allait aux enterrements. On aurait passé sa vie à y aller.

Poème de nomenclature sanitaire par taux de morbidité avec numéros des pathologies (8) : 14600-3222-9561-11600-513-19613-19614-19888-414-7600-9631-14598-14516-4006-1479-11520-2313-8100-5623-12009-3210-3213-3222-3234-16008-14404-11521-11522-19214-3266-3239-303-7916-88-415-19614-6005-12122-8130-14-1015-26-5111-10006-10470-899-2314-444.

Pourtant la plupart des gens ne croient toujours pas à cette histoire de *Shén4*. Croient ne pas y croire. C'est si irrationnel. Comment une entité pourrait-elle habiter notre corps ? Décider (sur quels critères ?) de le conserver en bonne santé des années ou inversement de déclencher un dérèglement conduisant à la mort ? Comment pouvait-il être imaginé que la méningite, le choc anaphylactique ou la septicémie existaient en nous en tant que créatures pensantes, douées d'intelligence, de conceptualisation, de communication entre elles – les pandémies donc – et capables d'action néfaste. D'après les chercheurs, se basant sur une sorte de « relation » basique avec « ces êtres du dedans », il ne faisait aucun doute que l'hépatite fulminante et la fasciite nécrosante (également appelée sympathiquement « maladie dévoreuse de chair ») étaient des… *personnes*. Des « unités biologiques de type entité consciente ». La perte de la santé était le résultat de leur hostilité traduite par une attaque plus ou moins virulente contre nos « installations anatomiques ».

Il avait été révélé que si le premier contact avait été celui enregistré à l'occasion d'une simple pose de stent à une jeune patiente souffrant d'une sténose athéromateuse de l'artère rénale, le second contact s'était produit lors d'un début d'épidémie de peste bubonique en Zambie orientale durant le printemps 2040. Soixante-treize personnes infectées par le fameux bacille Yersina Pestis. Et soixante-treize « contacts ». Yersina Pestis avait *parlé* aux soignants, ceci par le moyen des ordinaires hallucinations précédant la mort des patients infectés. Le phénomène ressemblait à celui de la possession par les esprits. Et pour cause, les *Shén4* étaient très assurément des esprits. On s'était dès lors intéressé de très près à la question métaphysique des *Shén4*. Car les patients sous hallucination schénifique avaient communiqué sur de tels sujets et avec de tels niveaux de connaissance qu'il avait fallu se rendre à l'évidence, pour le dire bien peu scientifiquement et sans détour : quelque chose ou quelqu'un de démesurément intelligent utilisait l'appareil phonatoire des agonisants pour nous délivrer un message. En l'occurrence, des menaces de mort.

D'origine chinoise, la notion de *shén* 神, habituellement traduite par *esprits*, est particulièrement complexe et multivalente. Elle revêt des significations singulièrement différentes selon son évolution au cours de l'histoire comme selon les contextes où elle se trouve employée.

Ainsi les nuances seront importantes entre l'emploi du mot *shén* 神 alternativement en philosophie, dans les textes de liturgie religieuse, dans la théorie et la pratique de la médecine, dans les récits populaires et les rituels sociaux (comme un mariage ou des obsèques par exemple). Ici la logique des raisonnements humains est bousculée. Irruption brutale de la métaphysique la plus radicale, se cristallisant dans des espaces habituellement hors-champ à son expertise. Autrement dit quelque chose d'*étranger* au réel ordinaire *existait* et nous le faisait savoir objectivement... en nous tuant en masse.

Les scientifiques du monde entier se sont mis au travail. C'était étrange de penser qu'auparavant la mort nous paraissait naturelle, inéluctable. Même si elle nous faisait peur et semblait intolérable, nous savions qu'elle viendrait. Mais aujourd'hui c'est très différent : si cette histoire de *Shén4* est vraie, on a quelqu'un contre qui se battre, on a un ennemi et on pourrait peut-être le vaincre. Ne plus mourir qui sait ? Se diriger vers cette immortalité biologique technicisée désirée par les transhumanistes. Toutefois pour l'instant, camarades, ce n'est pas gagné. Même si la seule question qui vaille hier comme désormais c'est : qu'est-ce qu'on est censé faire avec le temps qu'il nous reste ?

Pour moi, avec ou sans *Shén4* j'en ai rien à faire : de toute manière *l'amour est un champ de bataille. Bien peu se donnent. Innombrables sont ceux qui se prêtent. Que des mercenaires.* Après une histoire qui s'était mal terminée, j'avais écrit cette remarque un jour de rage froide sur un ticket de paiement de carburant. Du gazole, j'ai conservé le ticket susdit et il est scotché dans mon journal. De temps en temps, quand ça me manque d'être amoureux, je le relis. Il est noté 47,38 litres. Gasoil bio. TVA à 38,00 %. Merci de votre visite bonne route. Ticket PétroMax n° BK007002 00016 0003 DD00997360. En vérité je vous le dis, ce que je vois c'est ceci : l'avenir s'approche à pas de loup comme un ninja et te frappe avec une violence dont tu n'aurais jamais soupçonné l'ampleur. Avec de la chance, il te plante un tournevis de mécanicien cruciforme dans le crâne mode zombie. Mais la plupart du temps, l'avenir t'assomme, te menotte et tu te réveilles alors fait comme un rat pour souffrir le plus longtemps que possible, otage. C'est ça vivre. Souffrir le plus longtemps que possible. LE-PLUS-LONGTEMPS-QUE-POSSIBLE. Le monde est une boucherie-charcuterie. T'as beau être végan, le monde est une immense boucherie-charcuterie et tout ce qui pourrit sur les étagères, dans les congélateurs, pendu aux crochets : c'est l'amour. Ce n'est pas beau à voir. Alors les *Shén4* j'en ai rien à battre. Ce qui me dévore sans aucune pitié est bien pire qu'eux. C'est l'amour si tu veux savoir.

Décidément mon journal est assez peu scientifique et s'avère un ramassis de questionnements, de trucs inutiles, de ressassements stériles. La collection croupie de mes états d'âme. C'est pathétique.

Tout comme le narrateur du *Journal d'un curé de campagne* de Bernanos, je dois me promettre de brûler ces élucubrations une fois leur rédaction terminée. Tout auteur digne de ce nom sait combien ce qu'il écrit est artificieux, décevant et mauvais. Dans ces conditions, une littérature qui se survit à elle-même n'est qu'une imposture.

Les chercheurs en parasitologie se sont mis à sonder le mode de vie des parasites et de leurs vecteurs. Le moustique anophèle (vecteur des Plasmodium et de différents virus) ainsi que la mouche Tsé-tsé (vecteur de Trypanosoma brucei) apporteraient peut-être des informations cruciales sur les *Shén4*, lesquels – on progressait – pouvaient être audacieusement classifiés comme entité parasitique. De nouveaux modèles et outils expérimentaux ont été développés pour mieux comprendre les interactions dynamiques que les micro-organismes pathogènes établissent avec le vecteur et l'homme, recherche effectuée en lien par exemple avec des chercheurs en immunologie, ceci pour élucider les mécanismes d'invasion de l'hôte, le but étant l'identification des facteurs de virulence. Afin de modéliser des hypothèses de résistance, voire de contre-agression, on a impliqué la bio-informatique, la biologistique la biostatistique, la biologie intégrative et la biosimulation conditionnelle, afin de maximiser l'analyse des quantités importantes de données générées lors de ces études. On a réagi.

Ce fut la mobilisation des savoirs en chimie biologie omnisynthèse, science des matériaux, mégathérapie GG, robotique, nanotechnologies, sciences internitiennes de l'investigation génétique, vitalothermique, turbinexiologie, stratomixologie, inframolécularisation, thermopixmie haute en psychonumérisation, combronermie additionnelle, psychorobotique, radiobiologie, microbiodesign, biopharmacologie. Et autres.

On pensait. On estimait, on se persuadait qu'on y arriverait. Que la Science (avec un grand S) pourrait saurait parviendrait révolutionnerait bla bla bla. Tout serait réglé par une découverte formidable. Un médecin en Bourgogne ou un parasitologue à Varsovie, à Rome, en Alaska, sur la lune pourquoi pas ? Un physicien solitaire, une équipe de soixante neurologues, des technochamanes japonais, n'importe qui, quelqu'un quelque part déchiffrerait, pénétrerait le monde *Shén4*, en collecterait des informations précieuses et construirait une arme dévastatrice pour l'ennemi. C'est ce que la presse martelait, tandis que des crématoriums géants ne cessaient d'être construits et inaugurés par des politiques comme d'ordinaire gesticulants.

On était comme Hitler début 1945. Ces établissements étaient conçus pour fonctionner nuit et jour avec cette fameuse nouvelle température nodulique de 4 000 °. Les *Shén4* succombaient-ils dans les flammes en même temps que disparaissaient leur corps-hôte ? Ce pouvait-il – bonne nouvelle - que notre fin implique la leur ?

Dans l'affirmative, que comprendre du fait troublant selon lequel notre mort impliquait mécaniquement la leur ? Autrement dit, pourquoi se « suicidaient-ils » en nous exterminant ? Aucun spécialiste ne pouvait répondre à ces questions. Peut-être l'ennemi survivait-il en « migrant spirituellement » comme certaines des sectes pullulant désormais l'affirmaient. Il se murmurait même que les créatures devaient possiblement habiter les animaux et les plantes, tout le vivant. Comme une armée d'occupation. Ou comme un noyau dur biologique. Mais faune et flore ne semblaient pas affectées par leurs possibles hôtes. Toujours ça. Déjà qu'avec la pollution.

Dans les années 2045-2055, les projets AAA8, AAA12-2, BK404, RJ7B9-神, InteriorFire, MZZ, MZZ+Premium, BlackSword et Ec神 ont été développés. Mais nul n'a su au juste de quoi il s'est agit. Grâce à un lanceur d'alerte depuis lourdement persécuté par l'État, il a filtré de MZZ+Premium que ce programme à l'échelon européen visait à établir un fabuleux langage de programmation thérapeutique automate destructif pour 73,6 % des maladies shénifiques. Mais les politiques et les multinationales – ces dernières ayant pris l'habitude d'utiliser les ministères de la santé, les budgets et jusqu'aux armées nationales comme un mercenariat gratuit voué à leur strict intérêt – ont détourné les budgets à leur profit. De sorte que le prometteur MZZ+Premium n'a pas dépassé le stade de l'expérimentation sur quelques dizaines de familles réfugiées au Tibet. Secret bien gardé.

Quatre technochamanes himalayens de grande notoriété sont décédés de mort suspecte quelques semaines avant la révélation de ce scandale n'ayant naturellement débouché sur aucune poursuite judiciaire. D'après la rumeur, avec l'argent volé, des élus se sont construit des forteresses confortables sur des îles privées. L'opinion se console en se disant que ces gens décéderont quand même, les *Shén4* n'épargnant personne, ne pouvant être achetés. Pour en revenir aux découvertes prometteuses, il a été question un temps d'*eau verte*, puis de *gaz jaune* puis d'*onde blanche* puis de *plurivibration noire*. Toutes nos convictions – hélas juste des prétentions – étaient agréablement colorées.

Nous savons produire de la peau humaine imprimée, brancher une connectique cerveau-machine, viabiliser une hybridation homme-animal, fabriquer en imprimante 5D des cœurs ou des foies artificiels, du sang synthétique et une colonisation de la Lune et de Mars, avec une perspective vers Jupiter, est en bonne voie. Nous savons structurer un système respiratoire hors-air, nous saurons bientôt voyager par la pensée, nous avons remplacé le plastique par une fibre de bois et de soie, nous savons piloter la météo localement, confectionner de la nourriture avec du sable, parler les douze cents langues terrestres sans les apprendre, surveiller chaque être humain heure par heure, guérir toute maladie ordinaire non shénifiée (comme si ça pouvait exister). Et nos physiciens ambitionnent d'établir enfin une solide théorie du Tout. Alors ces possibles et énigmatiques 神 seront probablement annihilés. Car selon les messages des biscuits chinois vietnamiens, bah il ne faut pas perdre espoir.

Petit poème antiparasitaire antihelminthique :
Métronidazole Flubendazole Albendazole Mébendazole Pipérazine Pyrantel Pyrvinium embonate Trématocides Praziquantel Bozonium Triclabendazole Bolzonaromide Niclosamide Quinine Méfloquine Chloroquine Proguanil BK707 Amodiaquine Brucocozalicine Halofantrine Artémisinine прирожденный убийца (prirozhdennyy ubiytsa) Doxycycline BK709 Atovaquone.

Chansonnette.

3.

Nous sommes en 2064. L'ordre du jour est de *réenchanter la mort. De recréer le désir de mourir.* La science tarde à nous sauver. Peut-être n'y parviendra-t-elle pas ? il faut commencer à se résoudre à penser cette sinistre hypothèse comme plausible. Ruminations infinies de l'humain devant l'évidence de sa fin. Les artistes de toutes disciplines n'auront jamais créé d'œuvres aussi émouvantes et splendides que ces derniers temps. De grandes expositions parlent de nous. De notre espèce. De l'histoire de notre espèce. Le marketing prend aujourd'hui le relais d'une science paralysée par ses propres limites. L'objectif est de changer notre vision de la situation. Le marketing peut être défini comme l'analyse des besoins des consommateurs et l'ensemble des moyens d'action utilisés par les commerçants pour influencer leur comportement. Il crée de la valeur perçue par les clients et adapte l'offre commerciale de l'entreprise aux désirs des consommateurs. La solution est donc de rendre sa propre mort attrayante par le truchement programmé d'un acte de consommation personnalisé (ludique, rémunérateur ou spiritualisant). La publicité en ce sens bat son plein. Tout un marché mondial dopant spectaculairement les taux de croissance s'est développé pour que les heures précédant l'inhumation ou la crémation soient passionnantes, récompensantes, originales.

Désirables.

Petit poème marketing :
marketing collaboratif marketing communautaire marketing de bases de données marketing de guérilla marketing direct marketing mobile marketing d'affiliation power marketing marketing monotronique marketing pluritronique marketing relationnel marketing opérationnel marketing digital marketing d'influence marketing relationnel marketing viral marketing katapult street marketing marketing sportif BK-marketing marketing sensoriel marketing interne caramba marketing marketing-marketing marketing BtoB marketing BtoK KtoB marketing urbain marketing monétaro-politique inbound marketing marketing expérientiel blob marketing Metamarket SpiritMarketing

Death marketing.

Pour une raison qu'il m'est impossible (ou pénible) d'analyser, j'ai continué de faire deux choses. Écrire ce journal, d'abord. Dont il s'avère qu'il n'est rien d'autre, comme souvent et par définition, qu'une inquiète compilation d'événements par nature largement plus subis que choisis. Savoir que ce journal se volatilisera avec moi dans les flammes est d'un grand réconfort. J'ai pris les dispositions nécessaires auprès des pompes funèbres et on m'a dit là-bas que de nombreuses personnes désiraient – je cite – *se torréfier* avec des albums de photographies, des titres de propriété immobilière, des e-mails imprimés sur beau papier, des liasses de billets de banque et par-dessus tout avec leur carte bancaire Platinum XXL ® (Programme exclusif SQI/Soyez Quelqu'un d'Important : billets d'événements et spectacles en avant-première, loges VIP, tables de grands chefs étoilés, voyages conçus sur mesure, hôtels *****, trajets en grosses cylindrées, table prioritaire réservée sur l'heure, médecin privé, soirées shopping 24h/24 7j/7. Pour obtenir une carte Platinum XXL ®, vous devez disposer de revenus importants et réguliers, avec pour condition d'entrée : Un revenu brut annuel supérieur à 220 000 € Un salaire de plus de 8 000 € (7 500 € pour un compte joint), et l'obligation de créditer votre compte bancaire d'au moins 6 000 € par mois).

Concernant ce journal, je le répète, conscient d'avoir voulu produire une sorte de littérature pour, au final, n'avoir pu qu'aligner trois pauvres mots semblables à ceux d'une liste de courses pour le supermarché, mieux vaut que ces écrits, comme mes paroles, s'évanouissent avec moi. De même qu'on sort les poubelles avant de quitter la location de vacances. J'ai donc continué de faire deux choses. La seconde, c'est que j'ai poursuivi ma lecture de Georges Bernanos. Avec des vrais livres, pas sur une tablette. Ces dernières, c'est plus fort que moi, me semblent bien trop étrangères à la littérature et à la lecture, singulièrement irrespectueuses pour le message qu'elles transportent, juste faites pour être achetées. De plus, elles incitent à se passer de ce médecin de l'âme qu'est le libraire. Mort à soixante ans d'un cancer du foie (son 神 ayant été assez féroce avec lui), Georges Bernanos me réconforte. Et m'épouvante à la fois. Sa description de l'humanité me rend le néant souhaitable certains jours. Pas besoin de marketing pour m'en convaincre, la littérature suffit. Dans *Les Grands Cimetières sous la lune*,

George prend acte : *Mais qu'importe ce que nous fûmes, nos visages noyés de brumes se ressemblent dans la nuit noire*.

Poème Bernanos :
Georges t'es un rhinocéros
Tout entier peuplé de tétanos
Te voici prisonnier intra-muros
Rêvassant du cosmos

Georges ? Merci.

On nous enseigne que les esprits prennent vie de *Ce qui n'a pas de forme* (wu 無) et les formes (les corps, xing 形) sont achevées par *Ce qui a forme* (you 有). Ainsi dit-on depuis des siècles : les esprits envoient (activent/réveillent) les souffles (shen shi qi 神使氣) et les souffles *déterminent* les formes. Humaines, animales, végétales. Ces formes ont des principes d'organisation (li 理) qui déterminent leur espèce, leur destinée. Les maladies sont des esprits (Shén4 神) administrant la longévité de chacun. Ce qui précède résume ce que les chercheurs, en lien avec les historiens des religions, ont pu élucider. Nous avons à faire à des puissances immémoriales et inimaginables. Et non mauvaises mais plutôt servantes de *Ce qui est dans la forme qu'il doit être*. Voilà un enseignement utile. Je relis fréquemment ce petit paragraphe, plusieurs fois par jour à présent, car tout est là semble-t-il.

Quelques vaillantes équipes de scientifiques épuisés poursuivent, au milieu de l'hécatombe, leurs recherches. Sans doute nos lecteurs de biscuits chinois. En même temps, le Death Marketing atteint son but : on meurt joyeusement après un saut en parachute au-dessus du Mont-Blanc ultra-pollué ou en ayant virtuellement – mais avec attestation officielle à emporter pour la crémation – acheté la *Joconde*, un Gauguin ou un Jeff Koons (les anciens *Balloon Dogs* de ce dernier ont beaucoup de succès. Mais moins qu'une série spéciale de 24 pièces - une par heure de la journée - titrée *Balloon Dogs and Happy Tomb*, comme chacun le sait produite par Jeff Koons III récemment). Dans ce contexte de doute général quant à l'issue de la lutte contre l'ennemi, nul ne voit très bien comment de magnifiques – mais si faibles technologies – comme la Rétrocognition (système complexe de transfert du présent dans le passé – afin, après tout diagnostic fatal, de revenir perpétuellement à une situation de bonne santé), le Jagd Nach Geistern (visant, d'après l'université de Zurich, à éliminer physiquement les 神 grâce à des nanodrones de combat) ou l'immaîtrisable et hasardeuse psychotechnique BK116 (consistant avec l'aide de chamanes à projeter notre conscience auprès du *Shén4* occupé à détruire notre *forme*, ceci dans le but ingénieux de négocier une guérison avec lui), nul ne voit très bien, donc, comment ces procédés pourraient sauver l'humanité. Sans pitoyable jeu de mot, c'est mort.

Pour l'heure et quoiqu'on pense du pathétique d'une telle extrémité, réenchanter la mort, recréer le désir de mourir, autrement dit réexaminer la pertinence de la métaphysique radicale et archaïque ne constitue peut-être pas une si mauvaise idée que ça. Il va bien falloir en convenir même si c'est dur à avaler : devant l'inéluctable, seul le marketing est capable semble-t-il de nous sauver de la plus sévère des désespérances. Dieu ne semble plus suffire depuis longtemps et même si on en pleurerait des larmes de sang, le consumérisme triomphe définitivement de toute autre forme de doctrine.

Mon sort sera celui des autres.

Comme ce qui s'annonce n'est pas très égayant et que je sens que je me mets physiquement et psychologiquement à rouler sur les jantes, cherchant comment vivre ce terrible emprisonnement dans une réalité monstrueuse, je me surprends à m'efforcer de penser à des souvenirs heureux. Hier, en furetant dans ma bibliothèque, je suis tombé sur le petit texte qui suit, écrit lors d'un agréable voyage en Afrique. Mettons qu'il s'agisse d'une recette de cuisine un brin commentée, le commentaire témoignant de mon humeur de l'époque. C'était pas si mal avant tout ça. Avant. Avant les maladies, avant la sévère réduction de mon périmètre d'action, avant l'impuissance.

Je décide de copier-coller mot pour mot les quelques lignes en question dans mon journal. C'est plutôt vain mais voilà qui, pour ainsi dire, m'informe que j'ai vécu de bons moments. Ce qui – si je n'y prenais garde – serait facilement oubliable, oublié. Ceci confirmera avec éclat que ce journal est un vrai amoncellement d'idées, de remarques personnelles et de relations anarchiques d'événements – une marmelade de mots ! – alors je ne suis plus à ceci près : partager une recette. Ce modeste énoncé africain disait, je (me) cite :

« Ce serait une illusion de croire que tout est illusion. Un billet de 10 000 est illusion, mais ce qu'on fait avec n'est peut-être pas illusion ? Le pétrole pour la moto, c'est illusion, mais pas le trajet. Le poulet Kedjenou et son attiéké, c'est illusion, mais pas ce qu'on se raconte à table.

À moins, va savoir, que ce ne soit tout le contraire ? Le trajet est illusion, mais pas la moto et son réservoir en métal attaqué sévère par la rouille. Les paroles pendant le repas (histoires, questions, promesses) sont illusion, mais pas le poulet joliment doré dans l'assiette en fer blanc, la bonne odeur joyeuse des tomates, la bière glacée dans les verres multicolores et on trinque avec les amis.

Le mieux, dans cette existence où vérité et mensonge ne sont que des points de vue interchangeables, dans cette vie durant laquelle tu cherches constamment des recettes pour réussir, c'est de s'en tenir résolument à l'évidence sacrée de cette écriture sainte :

Pour 6 personnes :
1 poulet ou 4 cuisses de poulet
1 grosse aubergine
4 tomates bien mûres
2 oignons
2 gousses d'ail
4 cuillères à soupe d'huile
des herbes
1 bouillon cube (pas obligatoire)
1 petit morceau de piment
Sel et poivre

- Tu découpes le poulet en morceaux.
- Tu fais chauffer l'huile dans une cocotte pour y déposer le poulet. Puis tu fais dorer les morceaux sur toutes les faces. S'appliquer !
- Quand il est bien doré ton poulet, tu ajoutes les tomates et l'aubergine coupées en morceaux, les oignons émincés, l'ail écrasé et le bouillon cube émietté.
- Tu sales et tu poivres, puis tu ajoutes les herbes, un bon 1/2 verre d'eau et le petit morceau de piment.

- Tu recouvres et laisses cuire tranquille 45 mn à feu doux. Surveiller !
- Tu remues de temps en temps sans ouvrir (on fait alors *kedjenou* pour ceux que ça intéresse, c'est comme ça qu'on dit *kedjenou*), en secouant sérieux la marmite, façon moment de colère ton homme ou ta femme t'agace !
- Tu sers ton poulet avec du riz aux légumes ou mieux de l'attiéké (semoule de manioc).
- On peut aussi ajouter quelques plaisantes lamelles de gingembre (appelé *dotè* au Togo).

Et tu invites des amis, ils apporteront bière, conversation et bonne humeur. Selon la splendide expression de là-bas, *tu seras alors plusieurs*.

4.

Donc ma mort. Il va bien falloir vivre ce moment-là. Il arrive, chaque seconde évanouie m'en rapproche. Le « grand passage » comme, dans un élan d'invention sémantique, on nomme cet instant spécial. En dépit du bombardement incessant de publicité dont je suis victime sur internet et sur toute surface plane sur laquelle mes yeux sont susceptibles de se poser, ma détermination à *recréer le désir de mourir* en moi demeure cependant assez modérée.

Le diagnostic est tombé après une courte hospitalisation : cardiopathie sévère. J'ai toujours su que j'avais un problème de cœur. Qu'à voir les relations amoureuses que j'ai eues : un vrai désastre. Désormais être malade c'est n'être que malade. Que.

Au fond je ne sais pas si toute cette dramatique histoire de *Shén4* est vraie. Bien sûr les petites montagnes de morts un peu partout à la périphérie des villes c'est vrai – on ne peut pas gérer tout le monde, surtout que beaucoup ne peuvent pas se payer des funérailles décentes. Et tous nos proches disparaissant à la vitesse d'un salaire sur un compte en banque, c'est une réalité également. Au rythme d'aujourd'hui, la prospective annonce qu'il ne restera plus un seul être humain vivant sur terre dans soixante-quinze ans, soit en 2139. On va dire 2150 pour faire bon poids. Fin du monde : année 2150.

Il faut imaginer ces mégalopoles vides, ces campagnes livrées aux corbeaux, aux sangliers, aux troupeaux de lamas ou aux clans de hyènes. Ces plages silencieuses avec tout ce plastique animé par le vent. On a beau avoir lu des situations similaires dans mille romans et vu ces scènes dans des tas de séries TV, ça fait drôle quand même. Une start-up fait actuellement fortune avec un tout nouveau sport, le *Climbing dead* (une sorte d'escalade sur les montagnes de défunts, avec bivouac iglooté fabriqué au sommet avec des corps. Certaines « montagnes » atteignant huit cents à mille trois cents mètres d'altitude, le *Climbing dead* est assez sportif et réservé aux privilégiés encore peu tourmentés par leur ennemi perso).

Alors *Shén4* ? Pas *Shén4* ? Complot mondial ? Pourquoi pas. Des millions et des dizaines de millions de morts depuis le début de la pandémie shénifique autour de 2037, voilà qui est sérieux. Et il est clair que nous inciter à mourir – avec cette connerie de *recréation du désir de mourir* – offrira de la place sur cette planète suppliciée à de riches survivants propriétaires des ressources restantes. Surtout s'ils trouvent un traitement. Bon plan pour eux. Qui pourrait croire que des créatures nous habitent ? Enfantillages. Brumes de l'esprit. Nous croyons si facilement. Que de cages mentales on se fabrique. Pourtant la nature nous a par le passé prouvé que les parasites existent.

Ces formes de vie si particulières fourmillent, occupant un estomac, des poumons, un système digestif, les ganglions lymphatiques. Les agents du paludisme et de la maladie du sommeil circulent dans le sang. Demandez à l'amibe mangeuse de cerveau ou à Entamoeba histolytica par exemple si elles n'existent pas ?

Petit poème parasitaire :
Anguillulose Ascaridiose Babésiose Balantidiase Broutophydiase 44 Bilharziose Capillariose

Diphyllobothriose (anciennement Bothriocéphalose) Clonorchiase Cryptosporidiose Distomatose

Dracunculose Echinococcose Elephantiasis Fièvre de Katayama Gnathostomiasis Hyménolépiose

Isosporose Leishmaniose Métagonimiase Scabiose Strongyloïdose Toxocarose Trypanosomiase

Naturellement c'est plus fort que nous, nous avons toujours de l'espoir. Dernièrement le projet MP-HOP (dit *Sickness Annihilator*) a fait la une de l'actualité. Initié par l'EPFL (École polytechnique fédérale de Lausanne) et par l'ETHZ (École polytechnique fédérale de Zurich) (9), ce projet postule et observe que les escrocs du web se sont montrés de plus en plus ingénieux pour s'attaquer à votre smartphone et ainsi avoir accès à votre compte en banque. Ces deux dernières années, l'une de leur technique basique préférée aura consisté à copier une application Android populaire, comme Adobe Flash Player 89, contenant un logiciel malveillant capable de prendre le contrôle de votre mobile (ceci par bi-assimilation du data natif corrélé à la production quotidienne de 连接信息已存储® Liánjiē xìnxī yǐ cúnchú). Astucieusement, une fois le néomalware installé confortablement sur votre smartphone, l'icône de l'application frauduleuse disparaît. De quoi lui permettre d'agir en toute discrétion, sa principale fonction étant donc de bi-assimiler tout data nouveau à partir de sa première version. Le logiciel a accès à l'ensemble des applications installées sur votre mobile, telles que Google Play, Facebook, WhatsApp, Chromic, Nisi Propter Opes/NPO, Zoom, MirK, Instagroom, SurveillaTHOR et TwitterBis. La piste explorée par le projet Sickness Annihilator s'appuie avec une incroyable simplicité sur l'anamorphènostase du néomalware reconfiguré en vecteur de cryptage psycho-actif neutre, ceci en visant à insaturer les monogrammes thermiques des reconnaissants masqués (comme par exemple Apatride 38, Suko ou surtout BK55w dans un contexte deep web6). Ceci afin de tenter une opération similaire sur les présences organiques détectées dans le corps humain. Si la connexité mimétique entre l'objet numérique et le cas 神 pouvait émerger et se reproduire, il serait tangible à 89,6 % (en calcul ontoquantique) que cette technologie somme toute invraisemblablement élémentaire pourrait éliminer (par une coagulation rénique indécomposable jugée impossible jusqu'alors, mais rendue efficiente par l'ajout d'une granulométrie des monogrammes masqués) la plupart... des *Shén4* postglanbunulaires et, cerise sur le gâteau, quadrinoministique (10).

Malheureusement et au bout de trente-six mois d'optimisme tempéré, les essais cliniques ont infirmé toute cette belle théorie. De quoi faire craquer les survivants. Le dernier verrou a sauté : ne plus croire en rien est devenu la norme. Vague mondiale de suicides. Pourquoi la science ne parvient-elle pas à inventer une technologie salvatrice, un médicament universel, un futur enfin désirable ? Dans les films catastrophe, les gentils sont sauvés in extremis. On s'était habitué à cette idée. L'habit de lumière que nous estimions mériter du seul fait que nous existions est juste une vielle loque moisie (et même pas de marque). Une pétition a circulé et recueilli 138 106 531 signatures pour exiger que l'on exécute les chercheurs impliqués dans le défunt projet Sickness Annihilator, tant la déception fut immense.

Il ?

Va ?

Falloir ?

Re-non-cer ?

Après quatre mois d'abattement général, tandis qu'on me soignait avec un succès bien mitigé à l'aide de nouvelles thérapies expérimentales (on propulsa notamment sans résultat un « sous-marin médicamenteux » de taille delta505, le *nanotilus*, dans mon système sanguin mis en péril par une trophimatisation purulée des brônes sous-labiaux de Parmentier-Gallimardet), les médias ont soudain commencé à parler comme un seul homme de cette curieuse notion d'*amativité* (11). Nouveau round : les fameux projets LL88§, LL88µ, Reconquista Salud, ПОСЛЕДНИЙ ШАНС (Posledniy shans) et IITW (Iron In The Wound) bientôt fondus en un unique programme de recherche, la 第二次黎明 (Dì èr cì límíng, ce qui pourrait se traduire par « Deuxième Aube » ou un truc comme ça en chinois). Biscuit ?

Croire

Encore

Un

Peu

En nous ?

Puis Immensissime nouvelle :

En faisant *parler* (comme ce fut le cas autrefois en Zambie lors du second contact) des patients suisses, autrichiens et allemands en phase terminale, Deuxième Aube vient de comprendre et de mettre en évidence que des esprits vitaux surpuissants (jing shen 精神) et possiblement dominateurs des *Shén4* surabondent et *habitent* de préférence les souffles mêlés lors des baisers. Et que *l'emmêlement* de ces jing shen 精神 pourrait, dans certains cas complexes, non pas empêcher la mort, mais la retarder assez considérablement, parfois même de plusieurs dizaines d'années. Offrir à l'humain le temps d'une vie. Abasourdissement de la communauté scientifique et des populations. On s'embrasse et on « fait circuler » d'un corps à l'autre des esprits ? Encore une énième fausse route ? Peut-être mais peut-être pas. Voilà qui serait presque poétique. Voilà qui pourrait prouver que nos croyances les plus anciennes sont fondées : c'est l'amour qui sauvera ce monde. Un baiser. Trop beau pour être vrai ? Abondance d'esprits, plénitude de souffles, tout est ordonné, équilibré, compénétré : c'est *l'État spirituel* (shen 神). *Shén4* ne signifierait pas seulement *esprit*, mais aussi et essentiellement *L'État spirituel* (dans lequel nous sommes, évoluons, nous dirigeons).

Selon les anciens traités chinois (12), le bon état spirituel « rend parfaite la vision, parfaite l'audition, parfait l'accomplissement des gestes, parfaite la présence au monde de l'individu » (…) Ainsi le mal ne peut fondre sur nous à l'improviste. »

Je vais relire une deuxième fois ce qui précède pour être bien sûr que je n'ai pas compris la première fois. Car cette vision spiritualiste, pour ne pas dire irraisonnée et archaïque, ne me semble pas très crédible. Serait-il concevable que cette étrangeté inélucidable, nommée la vie, puisse comme l'écrit ce bon vieux Georges Bernanos dans son puissant *Sous le soleil de Satan* faire – je paraphrase – *de nous la matière de son œuvre*. Comme si elle était la sculptrice et nous la statue ? Dans ce cas, la mort ne serait pas la fin de quelque chose, mais l'achèvement d'une démarche – la signature si l'on préfère – de la vie sur sa création, cet être vivant qu'elle a façonné, cette énergie qu'elle a organisée, la *forme* qu'elle a inventée comme le sculpteur fait surgir la statue.

Le futur en tout cas n'aura pas été à la hauteur de ce que l'on avait imaginé. Il n'a pas tenu le rôle que nous lui avions assigné, celui de créer une nouvelle humanité, augmentée disions-nous. Il s'est contenté de révéler plutôt la puérilité de nos espérances. L'empereur chinois Qin Shi Huang (秦始皇), deux siècles avant notre ère, envoya vers des îles inconnues des lettrés-magiciens à la recherche d'herbes d'immortalité. Ils ne revinrent pas. Tout le monde dû mourir. Nous n'avons pas fait mieux. Nos expéditions vers Mars restent hasardeuses, sans découvertes majeures ni accroissement conséquent de nos savoirs. Robotisation multisectorielle, voyages interplanétaires, fabrication d'un corps humain technologisé potentiellement indestructible, énergies inépuisables, dépollution massive : la science-fiction est demeurée de la science-fiction. Tous ces plans sur la comète. Beaucoup de surplace. Illusionnisme. Puis les *Shén4*. Pour nous faire penser dans l'urgence à la mort. Avec pour seule arme véritable, nos précieux biscuits chinois.

C'est décidé je vais inviter Sonia à dîner. Ce sera souper italien. Quand on parle de cuisine italienne, on pense immédiatement aux lasagnes, aux pizzas et au tiramisu... pourtant il existe une infinité d'autres plats typiques à goûter. On va se faire plaisir, c'est urgent. Spaghetti alla Norma (spécialité de Sicile), Panna cotta à la vanille de ma grand-mère pour le dessert. Et on boira un Montepulciano. Sonia parlera sans doute sans cesse de son canapé livré sans pieds. Je l'écouterai. Une fois de plus, je sais que j'aimerai cette habitude qu'elle a d'écarquiller les yeux démesurément pour accentuer son propos. Je la regarderai avec ferveur. J'essayerai en tout cas.

On se dira qu'avec ce tsunami de maladies, les gens sont comme des fantômes. Pas vraiment là. Mais pas complètement ailleurs. Entre les deux. C'est bien simple, à la pharmacie, au laboratoire d'analyses médicales, à l'abribus devant l'hôpital, dans les salles d'attente, au guichet de la sécurité sociale et même au téléphone avec la mutuelle si on a la chance d'en avoir une, c'est comme si les gens étaient recouverts d'un drap mortuaire blanc. Des spectres. Autre chose que des humains ordinaires. Des âmes en peine comme on disait autrefois, des fantômes comme dans les films ou les dessins animés. Ce drap blanc. Leur impossibilité à vivre normalement, ça fait comme un drap blanc de fantômes. En tout cas c'est ainsi que je vois les personnes que je croise. Quand on est un peu moins malade qu'eux, on leur dit de profiter de la vie, de l'instant, des bons moments. Ils répondent d'accord je vais profiter des bons moments. Mais ils n'y parviennent pas, ils font semblant. Alors ils portent cette sorte de masque, de déguisement, ce suaire. Dessous ils attendent. Ils se cachent. Ou ils défient leur *Shén4*. Une chose de sûre : ils ne sont pas vraiment là, ils sont là où est la maladie.

Être malade
Être malade c'est
Être malade c'est se séparer
Être malade c'est se séparer de soi

Donc donc donc spaghetti alla Norma , ingrédients : Basilic frais/Sel fin/Poivre/Huile d'olive/Ail/1 petit oignon/2 aubergines noires, à défaut aubergines violettes/1 grande boîte de tomates pelées (400g) /Ricotta salata, sicilienne de préférence/400g de spaghetti, penne rigate ou encore maccheroni rigati.

1/Laver et couper les aubergines dans le sens de la longueur en épaisseur d'environ 1-2 cm. Les déposer dans une passoire en parsemant de gros sel sur chacune des tranches. Poser une assiette puis un poids suffisamment lourd sur les aubergines et laisser reposer ainsi environ 60 mn. Cette opération sert à ôter l'amertume de vos légumes.
2/Préparer la sauce: faire rissoler l'oignon émincé très finement dans un peu d'huile d'olive ainsi que les deux gousses d'ail. Ajouter les tomates pelées, saler, poivrer et déposer quelques feuilles de basilic frais. Laisser cuire jusqu'à l'obtention d'une sauce ayant la juste consistance, ni trop épaisse, ni trop liquide.

Et là, il pense à avant-hier. Dans le miroir de l'ascenseur montant chez le cardiologue, il a vu un fantôme. Le suaire avec quelque chose de vivant dessous mais mort. C'était lui. C'était lui dans l'ascenseur. C'est à ce moment-là qu'il a décidé de retrouver le numéro de Sonia, de l'appeler dès la consultation terminée pour l'inviter à souper.

3/Sécher les aubergines (à l'aide d'une serviette en papier par exemple). Les faire frire dans de l'huile d'olive puis les déposer sur du papier absorbant. Couper les tranches en fines lanières mais conserver quelques tranches entières qui serviront à décorer votre plat.
4/Cuire vos pâtes dans un grand récipient d'eau salée. Une fois al dente, les unir à la sauce tomate, cuire à feu moyen tout en mélangeant et déposer la ricotta râpée, la quantité est à votre convenance et selon votre gourmandise. Si besoin, ajouter un peu d'eau de cuisson de vos pâtes que vous aurez conservé.

Nous sommes en fait des fantômes. Il se demande, sous nos suaires, qui sommes-nous ? Sonia est un charmant petit spectre fatigué hantant le quartier. J'erre dans mon appartement. Nous sommes des fantômes et nous ne le savons même pas. Alors soyons des fantômes ensemble. Vivons un dîner de fantômes.

Lorsqu'on aura fini de parler du canapé livré sans pieds (peut-être au moment de servir cette merveille qu'est la panna cotta à la vanille de ma grand-mère, préparée la veille), il expliquera à Sonia qu'avec ces maladies, la sienne, les leurs, celles des autres, tout est changé. C'est comme si le jour devenait la nuit, le blanc virait au noir, la vérité au mensonge. Comme s'il fallait se dépêcher de proposer et de vivre des soupers italiens. Et plus peut-être.

D’abord déboucher une seconde bouteille de Montepulciano, bonne idée.

Sonia et lui savent que dans cette ville peuplée de fantômes, quelque chose touche à sa fin. Les journées se recroquevillent sur elles-mêmes, la saison peine à s’exprimer franchement, cela ne rime à plus grand-chose de faire la queue devant la pharmacie. D’ailleurs la pharmacienne et tout son personnel : malades, eux aussi. On murmure qu’ils vont fermer. Quand la pluie arrive, on se demande ce que cela fait aux fantômes de se prendre une averse. Il faut faire sécher ensuite le grand drap blanc ? Il y a quoi dessous ? On est tout nu ?

La panna cotta est élaborée à partir d'un mélange de crème, lait et sucre, auxquels est ajouté de la gélatine après cuisson à ébullition (parfois remplacée par du chocolat blanc fondu) pour obtenir une consistance ferme après refroidissement au réfrigérateur dans des ramequins. Sonia a adoré ce dessert. Je suis contente, elle a dit en souriant. C’est la meilleure soirée depuis une éternité. On a vidé deux bouteilles de Montepulciano dis donc. Puis Sonia a dormi chez lui.

On recommencera. Samedi prochain, rendez-vous pris. Je pourrais cuisiner libanais cette fois (falafel, mezzé, taboulé, caviar d'aubergine, houmous, des noms et des saveurs qui font rêver). On a beau être des fantômes, ça fait du bien de vivre un peu.

La secrétaire du cardiologue a envoyé un texto. Mon rendez-vous prévu dans deux semaines est annulé. Le cardiologue est mort d'un arrêt cardiaque hier. Son *Shén4* a de l'humour. Le cabinet ferme. En ville, il ne reste plus guère de lieu où se faire soigner. Ghost town.

Je devrais proposer à Sonia de venir s'installer ici. En attendant. En attendant d'avoir fini d'attendre. On a tellement parlé de la fin du monde. J'ai peine à croire qu'elle soit arrivée. Sans volcan ni comète bombardant la planète, sans tempête cataclysmique ni zombies sortant des cimetières. C'est venu de nous. De notre *internité*. Mutation en quelques petites années. Devenus des fantômes. Réellement.

Le soir tombe. Ce froid, moins produit par la température extérieure, par la saison, que par ce qui veut finir de grandir en soi, la maladie. Il me reste encore à lire ou à relire quelques livres de Georges Bernanos, c'est réconfortant. Merci Georges, je te le redis, vraiment merci. Sans toi, sans les livres, ce serait si difficile. Sonia, aussi, merci. S'aider l'un l'autre. Entre *s'aider* et *s'aimer*, il n'y a qu'une lettre de différence. J'espère qu'il restera quelque part une épicerie d'ouverte pour acheter des aubergines violettes, Sonia m'a demandé de lui recuisiner mes fameux spaghetti alla Norma.

Avec joie.

Dans le trajet de tout un chacun vers le néant, bien des stratégies s'échafaudent pour freiner cette course folle. Pour ma part et c'est en haut de la liste, lire Georges est un médicament, mieux : un massage de l'âme. Désormais je vois les choses autrement. Je me tiens sagement devant le gouffre immense, debout, sans trop de vertige, prêt à basculer. C'est beau cet abîme en fin de compte. C'est comme la grande bouche noire de la terre allant ne faire qu'une bouchée de moi. J'observe avec attention le jardin où nul robot ni androïde ne s'active (Dieu soit loué, on l'a échappé belle). Je m'émerveille plutôt de la variété des lumières au fil des heures. Tandis que se combine la danse silencieuse des hautes herbes au loin avec les feuillages plus près des bouleaux et des sureaux complices, car tout se parle. Murmures en farandoles. Toutes ces friches partout désormais. Arbustes et graminées ressuscitent. Je ne sais pas comment terminer ce journal ? Comment mettre un point final à ce ruisseau de mots ? Le mieux est peut-être de faire comme avec les *Shén4,* en n'étant pas sûr qu'ils soient vraiment là. Le mieux est de ne plus être certain de sa propre réalité. Pour savoir alors de source sûre que ce journal et celui qui l'aura laborieusement écrit n'ont jamais existé.

(*Internité*, 2021. Nouvelle publiée en version abrégée in *Petit traité de sorcellerie et d'écologie radicale de combat*, Hispaniola Littératures/BoD, 2021).

notes :

(1)Cf. RJ Carver, EM Zapata, JA Harrison & al. *Clinical benefit of renal artery angioplasty with stenting for the control of recurrent and refractory congestive heart failure/Bursting of embedded spirits 01*. Medical review nov. 2038 (doc. 7 275-BK279).

(2) Cf. Organisation Mondiale de la Santé, service de presse international, Dr Welniarz Rudsky, Dr Hasnia Medjdoub, John Henry, Lotharina von Gluck & al.. *Relations des premières rencontres en contexte médical hospitalier avec les entités de type Shén4*, avril 2039, L'information de santé vol. 194 article 460–67. Language Assistance Available : Français Español Oroomiffa 繁體中文 Tiếng Việt Tagalog Русский العربية Deutsch 한국어 ภาษาไทย Thuɔŋjaŋ 日本語 Polski and 106 languages.

(3) Cf. Richard Wiseman, Borodumir Kgazpdurmfgalbirdur & al., *An investigation into alleged corporeal hauntings,* British Journal of Psychology, vol. XCIV, mai 2041.

(4) Cf. terme provenant de la classification médicale internationale de la 6ème Conférence de Beijing/RPC (août-décembre 2044), Cf. Medical review février 2045 (doc. 7 885-BK473) + Cf. Die Auswirkungen von Shen4 Kreaturen auf die menschliche Gesundheit, wissenschaftliche ausgaben von Berlin, 2040.

(5) Cf. Angela Pinto, Ludmila Tourgueniev, Arielle Marquant, Nina Level, Gisèle Adjo, Rosine Dusoir & al., *Chamanismes sibériens, tibétains et laotiens, les Dompteurs de la divagation,* Souffle court/Au Diable Vauvert, 2044.

(6) Cf. La charte éthique issue de la loi 424BB1200 a pour mission de faire connaître aux personnes malades agonisantes (PMA), accueillies sur les sites industriels d'électricité shénifique, de leur plein gré ou après une vente légale par leur

famille ou tutelle, leurs droits imprescriptibles tels qu'ils sont affirmés par les dispositions légales – notamment les lois du 4 mars 2040 et du 20 décembre 2041 – relative aux droits des malades et à la qualité du système d'exploitation industrielle des corps humains et animaux (en lien avec les principaux décrets, arrêtés, circulaires et règlements dont les références figurent en annexe de la charte).

(7) Cf. Une amende de 26e classe (535,00 €, 1622,00 € en cas de récidive) est prévue en cas d'absence à une séance POM. Le montant est majoré selon le délai dans lequel le paiement est effectué. Tout membre de la représentation nationale, personnel de la haute fonction publique, des forces de l'ordre ou de la magistrature est dispensé de tout paiement d'une amende de classe 1 à 35.

(8) Cf. Le taux de morbidité est le rapport qui mesure l'"incidence ou la prévalence d'une certaine maladie, en épidémiologie. Pour une période donnée (typiquement un an), ce taux est le rapport entre le nombre de personnes atteintes, sur la population totale considérée. Cela donne un nombre de cas par habitant, qu'on ramène en général à 1 000, 10 000 ou 100 000 habitants. Si le numérateur est le nombre de nouveaux cas sur la période, on parle de taux d'incidence, alors que si c'est le nombre total de cas (nouveaux ou non), on parle de taux de prévalence. Le taux de prévalence est ainsi toujours supérieur au taux d'incidence.

(9) Cf. Swiss Medtech Report vol. 16, 2059.

(10) Les catégories postglanbunulaires et quadrinoministique sont des classifications taxinomiques des *Shén4* réalisées à partir des observations lors des cas de contact et tenant compte de la localisation dans l'anatomie humaine des parasites.

(11) Cf. Lorenzo Battistini, Piotr Bish, Pierre Dubois, Eric Ruckstuhl, Carine Racine, Didier Bontemps, JL Thouard, Amaury Esteban & al., *Théorie et pratique de l'Amativité*, Gallimard, 2064. (Du mot latin *amativus*, « relatif à l'amour »).

(12) Cf. 神仙 *Méthode et Recettes pour Devenir Immortel*, 傷寒卒病論/伤寒卒病论 *Traité de la fièvre typhoïde et des maladies subites*, 開腹術/开腹术 *L'Art des ouvertures abdominales*, 銀海經緯 *Connaissance exhaustive de la Mer d'argent/traité d'ophtalmologie*, 飲膳正要 *Précis d'alimentation*, 攝生真錄 *Recueil sur l'hygiène*. Cf. également le devenu classique *Dictionnaire de médecine chinoise*, par Hiria Ottino, Larousse, 2001.

Avec le soutien de Rose Evans, Olivier Millet (*Hispaniola Littératures*) / Ludmilla de Monfreid et Zoé Agbodrafo (*Totemik CrowFox*) / **Merci** à Daisy Beline, Rudy Ruden, Georges Bernanos, Elise Parmentier, Karma Ripui-Nissi, Emmanuelle Sainte-Casilde, Pierrot Dub ; Marie Doré, Julia Woolf et Sébastien Breton (*Lapin à Métaux*) ; Astrid Laramie, Olivier Bastille de Gouges et Paul Astapovo (*Fondation Carlota Moonchou*) ; Bob Collodi et Maria Quiroga *(Académie royale des littératures Orélides)* Laurent Battistini, Piotr Bish et Aksana Lydia Oulitskaïa (*Neness Danger*) / **Internité** / Éditrice : Rose Evans / Photographies de couverture : Elise Parmentier / Mise en pages : Anastasia Tourgueniev et Zoé Agbodrafo (avec Béthanie Rib) / Dépôt légal mai 2021 / ISBN 9782322250950 / Imprimé en Allemagne / www bod.fr / www. aubert2molay.vpweb.fr /

www. aubert2molay.vpweb.fr

du même auteur chez Hispaniola Littératures,
disponible en librairie et sur le site BoD

Collection L'Inimaginée

(Littérature de l'imaginaire)

-PETIT TRAITE DE SORCELLERIE ET
D'ECOLOGIE RADICALE DE COMBAT

-DOULEUR FANTÔME

Collection L'imaginable

(Littérature blanche)

-SAPIN PRESIDENT

Collection 1 nouvelle

-TOUTE PETITE FILLE DES DRAGONS
-SUPERETTE
-LA HAUTEUR
-LA MORT DE GREG NEWMAN
-DIX ANS AVANT LA NUIT
-SELON LA LEGENDE
-S'ENFERMER DANS UNE CABANE ET ECRIRE
-EN MARCHE
-LECON DE TENEBRES
-L'HIVER 1877 DE MISS EMILY DICKINSON
- LA ROUSSEUR DU RENARD
-TECHNIQUES DE VOL HUMAIN
EN CIEL NOCTURNE
-LA FEE DES GRENIERS
-ROUTE DU GRAND CONTOUR
-LE DOCUMENT BK 31
-FANTÔMES D'ASTREINTE
-BRODERIES ET TRAVAUX D'AIGUILLES
-LA REPUBLIQUE ABSOLUE
-LA BONNE LONGUEUR DE MECHE
-MADRID, ETATS ZUNIS D'AMERIQUE
-INTERNITE
-KANSAS ET ARKANSAS

Collection 1 nouvelle